# LA MANIERE DE BIEN JUGER DES OUVRAGES DE MONSIEUR LE NOBLE.

## ENTRETIEN D'EUDOXE ET DE PHILANTE.

*Par M. PARADIS D. V.*

## A PARIS,

Chez CHARLES HUGUIER, ruë de la Huchette, à la Sagesse.

MDCCVIII.

*Avec Approbation & Permission.*

## APPROBATION.

J'AY lû par ordre de Monsieur le Lieutenant General de Police, un Manuscrit François, qui a pour titre, *La maniere de bien juger des Ouvrages de Monsieur le Noble &c.* dont on peut permettre l'Impression. A Paris ce quatriéme Decembre mil sept cens sept.

Signé, PASSART.

---

VEU l'Approbation du Sieur Passart, permis d'imprimer. Fait ce cinquiéme Decembre mil sept cens sept.

M. R. DE VOYER D'ARGENSON.

*Registré sur le Livre de la Communauté des Libraires-Imprimeurs de Paris, Numero 64, conformément aux Reglemens : notamment à l'Arrest de la Cour de Parlement du troisiéme Decembre 1705. Ce treiziéme Decembre mil sept cens sept. Signé, L. SEVESTRE, Syndic.*

# EPISTRE

## A

## M.H.S.D.S.S.M.A.L.P.

MONSIEUR,

Vous ne vous attendiez peuteſtre pas à l'ac-
compliſſement de la promeſſe que je vous fis le
mois paſſé : Pour moy je vous avoüe franchement
que je ne ſongeois pas à m'en acquiter, perſuadé
que je ſuis, qu'il faut avoir beaucoup plus de
capacité que je n'en ay, pour entreprendre de
ramener le bon ſens dans l'eſprit de ceux qui
s'en écartent dans les jugemens differens qu'ils
oſent faire des Ouvrages d'un Auteur auſſi ce-
lebre que l'eſt Monſieur LE NOBLE. Je me
trouvai il y a quinze jours ou trois ſemaines
parmi ces ſortes de Juges : Vous m'avez fait
l'honneur de m'entretenir quelquefois de Monſieur LE NOBLE, & d'ailleurs la lecture de

# EPISTRE

*Tes Ouvrages m'en a toujours fait concevoir une idée telle qu'en doit concevoir tout Homme qui s'étudie à bien gouster les Chefs-d'œuvres des Sçavans ; je pris son parti sur le champ, & sans balancer ; mais j'étois presque seul contre eux, je ne pû pas y resister ; & plein d'indignation, je me retirai dans ma Chambre, & je me mis à écrire la foible Apologie que j'ose vous presenter. Comme vostre merite vous fait tenir un rang distingué dans son amitié, & que vous voulez bien ne me pas refuser la vostre, je me flate que si ce petit Dialogue n'est pas capable de donner un nouveau lustre à la haute reputation que s'est acquise & s'acquiert tous les jours cet illustre Ecrivain, elle ne pourra pas aussi luy estre préjudiciable, & que j'aurai toujours la satisfaction de me persuader que vous le prendrez pour une reconnoissance, selon ma portée, de l'honneur que vous me faites. Je suis,*

MONSIEUR,

Vostre tres humble & tres
obéissant Serviteur,
PARADIS D. V.

# LA MANIERE

## DE BIEN JUGER

## DES OUVRAGES

## DE

## M<sup>r</sup> LE NOBLE:

---

## ENTRETIEN

### D'EUDOXE ET DE PHILANTE.

#### PHILANTE.

NON, mon cher Eudoxe, non, je ne suis point du tout de vostre sentiment. J'avouë que l'Auteur du Pasquin peut s'être acquis une assez juste reputation par la quantité des Ouvrages qu'il a mis au jour; que ceux qu'il y met actuellement ne sont pas mauvais ; mais vouloir s'imaginer que ce nombre prodigieux de Volumes soient autant de Chef-d'œuvres d'une beauté, d'une élevation & d'une sublimité, à laquelle nul autre que luy ne puisse atteindre, c'est un point que je vous disputerai avec toute la Terre.

## EUDOXE.

Que c'est une chose étrange de ne vouloir jamais démordre d'une opinion qu'on a une fois conçuë sur des apparences trompeuses !

Oui, Philante, il est étrange de voir que vous ne puissiez vous guérir d'une peur chimerique qui vous a saisi, à l'approche d'un objet dont vous vous estes fait un monstre : Il est vray qu'on est d'abord surpris à la vuë de cette multitude de Volumes, qui peuvent surpasser mesme en nombre ceux de ce méchant Poëte de l'Antiquité, qui auroient suffi pour luy dresser un bucher, & le reduire en cendres : Je sçay que ces grands barbouïlleurs de papier, ne sont pas ordinairement de bons Ecrivains, & que quelquefois une pensée heureuse, un bon vers, un seul mot, ont coûté des semaines entieres d'étude aux Juvenaux, aux Horaces, aux Voitures, aux Despreaux ; je sçay que le petit Perse s'est acquis plus de gloire par ses six Satyres (que nostre Auteur a si bien habillées à la Françoise) que le grand Marsus par son prodigieux Poëme des Amazones : Mais ceux qui connoissent Monsieur le Noble, ou qui ont appris à le connoistre par la lecture de ses Ouvra-

ges, fans fe laiffer préoccuper des faux jugemens
que la jaloufie fait prononcer contre luy, fça-
vent qu'il eft non feulement une Bibliotheque
vivante; mais que la nature a pris encore plaifir
à le doüer d'une force & d'une grandeur de
génie, qui furpaffe infiniment la vafte étenduë
de fa memoire; en forte que l'on peut dire de luy
à jufte titre, qu'il n'a jamais eu fon femblable.

### PHILANTE.

Jufte Ciel! peut-on exagerer de la forte ? &
ne croyez-vous pas faire injure aux fçavans
Hommes de l'Antiquité, & à nos illuftres
Modernes, d'élever cet Auteur audeffus d'eux
tous ?

### EUDOXE.

Je n'exagere pas, Philante, & je ne prétens
pas l'élever audeffus d'eux tous ; mais je vais
vous prouver par de folides raifons, qu'on
peut le mettre en parallele avec chacun d'eux,
fans faire tort à aucun.

### PHILANTE.

Je vous affure que je l'ay toujours affez efti-
mé ; mais vous portez vos loüanges à un excés
qui m'oblige de vous dire mon fentiment là
deffus : Oui, je demeure d'accord qu'il y a de
tres beaux paffages dans les Ouvrages de Monfieur le Noble ; & que nonobftant cette quantité de Volumes qu'il met en lumiere, on no
poûrroit pas, avec raifon, dire de luy, ce que
Monfieur Defpreaux a dit de Scudery, par ces
Vers :

A iv

*Bienheureux Scudery, dont la fertile plume,*
*Peut tous les mois, sans peine, enfanter un Volume;*
*Tes Ecrits, il est vray, sans force, & languissans,*
*Semblent estre formez en dépit du bon sens;*
*Mais ils trouvent pourtant, quoiqu'on en puisse*
    *dire,*
*Un Marchand pour les vendre, & des sots pour*
    *les lire.*

    Mais j'y mettrois un milieu en les tournant
de la sorte ;
*Le Noble, on est content des effets de ta plume,*
*Contrainte à nous donner tous les mois un Volume;*
*Tes Ecrits, il est vray, ne font pas languissans;*
*Ils ont assez de force, & beaucoup de bon sens;*
*Cependant quelques Gens y trouvent à redire;*
*Mais pour moy, je me plais quelquefois à les lire.*

## EUDOXE.

Si vous les lisiez un peu plus serieusement, &
autant pour profiter de l'utile qui s'y rencontre,
que pour vous divertir de ce qu'il y a de plai-
sant, qui ne sert qu'à faire trouver moins de dé-
goust dans le solide ; vous tomberiez aisément
d'accord avec moy, que Monsieur le Noble
meriteroit bien que l'on tournast en sa faveur
les Vers de Monsieur Despreaux, que vous
venez de citer, de cette maniere :

*Le Noble, heureux Esprit, dont la fertile*
    *plume,*
*Sans peine, tous les mois nous donne un beau*
    *Volume;*
*Tes Ecrits, toujours forts, sublimes & charmans,*

*Semblent avoir au Monde introduit le bon sens ;*
*Et le Lecteur ravi, quoiqu'on en puisse dire,*
*Enrichit ton Libraire, & s'empresse à les lire.*

### PHILANTE.

Et vous me direz après cela que vous ne l'é-
levez pas audessus de tous les Sçavans ?

### EUDOXE.

Non, encore une fois, Philante, je ne prétens
pas l'élever audessus d'eux ; je ne prétens pas
mesme soutenir qu'il ait composé une aussi
grand nombre d'excellens Poëmes, que la plufpart des bons Poëtes, ni qu'il les ait poussez si
loin qu'eux ; puisqu'il luy a esté impossible
d'entreprendre, par exemple, des Iliades & des
Eneïdes, par rapport à tous les autres Ouvrages ausquels il s'est attaché, & aux malheurs
dans lesquels la malice de ses ennemis n'a jamais
cessé de le plonger ; mais je prétens soutenir qu'il
a paru des Pieces de Poësie de luy, qui peuvent
estre comparées à la plufpart des beautez qui
se trouvent en eux tous. N'est-ce pas d'ailleurs
une chose étonnante, de voir un Homme accablé
d'infortune, enrichir la France de tant de Volumes excellens ?

### PHILANTE.

Il est vray que cela est assez surprenant ; &
c'est peuteftre à cause de cela que voftre indul-
gence.......

### EUDOXE.

Non, non, je ne prétens pas faire un merite
à son fçavoir, de ses malheurs ; c'est une loüange

qui luy est duë en particulier, mais qui ne me servira point à l'excuser; je ne veux faire parler pour luy, que ses propres Ouvrages. Jamais Poëte François ne fut plus riche en belles expressions, ni plus fertile en rimes heureuses, qui luy viennent en foule; parlez luy dans la conversation, d'un sujet que vous ayez envie de traiter; il vous débitera sur le champ dix, vingt, trente, quarante Vers, ou du moins autant de demi Vers, enrichis d'excellentes rimes, ausquelles vous croiriez qu'il auroit songé pendant quatre jours, si vous n'estiez persuadé qu'il n'a pas pû deviner le sujet sur lequel vous le consulteriez. Son Poëme de la Seringue, qui est du mesme style que le Lutrin de Monsieur Despreaux, non seulement ne luy est pas inferieur en beauté, mais mesme il y a eu des Personnes d'un goust exquis, qui l'ont trouvé d'un style plus fin & plus delié, sans estre moins heroïque. Il n'y a rien de plus fort ni de plus véhement dans les Ouvrages de cet excellent Satyrique moderne, ni dans Juvenal mesme, que dans le petit Poëme de la Laconade. Ovide, Esope, Marot, la Fontaine, n'ont rien fait de plus délicat que ses Fables; j'ose mesme ajouter qu'il pourroit le disputer à ce dernier, qui ne s'est pas beaucoup mis en peine d'estre exact dans sa Poësie, & s'est servi des anciens termes de Marot, qui n'estoient bons que du temps de ce Poëte, mais qui sont insupportables maintenant. Passons aux Orateurs : Patru qui estoit, il y a quarante ans, l'Oracle de la Langue Françoise, & celui du Bareau, par l'élegance & la beauté de son discours dans ses Plaidoyers; le Maistre qui s'est rendu si fameux par la force des Figures qu'il a si heureusement employées dans les siens; ces deux fameux Avocats ont-ils jamais plus approché de la grandeur de Ciceron, qu'en approche Monsieur le Noble dans cette quantité prodigieuse de Factums, qui ont servi comme autant de boucliers contre les traits des differens ennemis qu'un monstre de fureur & de rage avoit armez contre luy. L'Histoire de la Republique d'Hollande, celle du Prince Ragotski, l'Anneau de Gigés, ces sçavans Entretiens sur les Affaires de l'Etat, qui aideront un jour à l'Histoire, à publier chez nos derniers Neveux, dans les siecles à venir, la gloire de nostre Invincible Monarque : Tout cela ne doit-il pas le mettre en parallele avec les plus celebres Historiens? Mr le Noble est aussi bon Traducteur, qu'il est bon Poëte, bon Orateur & bon Historien. Il n'y a point de style plus obscur, ni de sens plus caché que celui des Ecritures, & particulierement celui des Prophetes ; souvent ceux qui se hazardent à les interpreter, sont sujets à n'y pas réussir; neanmoins la Traduction des Pseaumes de David, cet excellent Ouvrage, ces sublimes & merveilleuses refléxions dont il est accompagné, & que plusieurs Personnes ne peuvent croire estre sorti de la main d'un Homme dù Monde; tout cela est cependant sorti de celle de

A vj

Monsieur le Noble. Sa sçavante Dissertation sur la Naissance de Jesus-Christ, où il fait voir clairement que l'Homme-Dieu a vécu sur la Terre trente-six ans & trois mois; son Livre de l'Esprit de Gerson, ce sçavant Chancelier de Paris; ses agreables Promenades; l'Ecole du Monde, cette admirable Philosophie, où l'on voit un Pere qui instruit son Fils de tout ce qui peut perfectionner un jeune Homme, dans quelque état que la Providence le destine, soit qu'elle l'appelle à celui de la Religion, soit à la Robe, soit à l'Epée; oüi, la lecture seule de ces Entretiens familiers, de cette methode facile & dégagée des termes ennuyeux & barbares, dont on se sert ordinairement dans les Academies, & où les Roses ne se cueillent qu'aprés avoir longtemps erré dans les épines qui les environnent de toutes parts, la lecture seule de ce Livre merveilleux, qui découvre les Trésors renfermez dans le sens énigmatique des Ecritures, dans tous les Ecrits des Sages, dans les prodigieux Volumes des Jurisconsultes, peut rendre un honneste Homme capable de décider sans peine les questions les plus embroüillées, & s'acquiter heureusement de tous les devoirs de la Societé civile: Enfin, une multitude d'autres Ouvrages de differens styles, luy ont acquis une si haute reputation dans toute l'Europe, & chez les Peuples les plus éloignez, que lorsqu'il s'imprime quelque Livre curieux à Paris ou en Province, à Rome ou à Madrid, & que le Marchand trompeur a soin de l'attribuer à Monsieur le Noble, il ne peut fournir à la vente, tant on est prévenu de la beauté de ce qui part de sa plume. Aprés cela, luy disputerez-vous, Philante, l'honneur que je prétens qu'il mérite, d'estre comparé luy seul à nos plus celebres Ecrivains ?

## PHILANTE.

En effet, vous me rapportez des raisons si belles & si convaincantes, que je commence à m'appercevoir que ceux qui méprisent ce grand Génie, n'agissent que par un motif d'envie & d'interest, & que le moindre de ses Ouvrages, qui cousteroit dix fois plus de temps & de travail au plus habile Homme d'entre tous ces Gens-là, qu'à luy, seroit capable de le mettre en une haute reputation : Mais vous conviendrez avec moy que Monsieur le Noble commence à estre sur son déclin, que les Ouvrages qu'il met presentement en lumiere ne sont pas d'une force égale à ses premiers ; & qu'enfin il y a autant de difference entre le Pasquin de la presente Guerre, & celui de la precedente, qu'il y en a entre l'Iliade d'Homere & l'Odyssée.

## EUDOXE.

Lorsqu'Homere travailla au Poëme de l'Odyssée, l'âge avoit un peu diminué en luy cette force de génie, & ralenti ce feu, qui semble porter par avance l'embrasement & les incendies dans le Royaume de Priam ; mais, mon cher Philante, je puis vous assurer que celui qui

A vij

brille dans les yeux & dans tous les Ecrits de
Monsieur le Noble, est aussi vif qu'il a jamais
esté, & que le temps qui vient à bout de tout,
n'en a pas encore étoufé la moindre étincelle.

### PHILANTE.

Quoy, vous voudrez me soutenir encore,
que le Pasquin nouveau est aussi beau que l'an-
cien ?

### EUDOXE.

Oüi, Philante, il est aussi beau, pour ne pas
dire plus.

### PHILANTE.

De grace, faites-moy donc voir en quoy ?
Car dans plusieurs endroits du second, je trouve
bien souvent des redites du premier, & d'ailleurs il n'est pas si divertissant.

### EUDOXE.

Et moy, je suis surpris de n'en voir pas plus
qu'il y en a, puisque souvent ce sont les mesmes
sujets, & que les triomphes du Roy sur ses ennemis dans la guerre presente, ne sont pas d'une
autre nature que ceux de la precedente: Je vous
assure, que je prens du moins autant de plaisir
à lire le recit écrit d'un style un peu plus serieux,
des Victoires continuelles, & de la sage con-
duite de Mr le Duc de Vendôme, par tout où il
se trouve; & celui des Conquestes de Mr le Duc
d'Orleans, & Mr le Maréchal de Berwick
en Espagne, que les agréables railleries faites
sur le Docteur *Burnet*, & l'Angleterre *enguil-*
*laumée.* Il en est de ce Livre, de mesme que des

fruits exquis, qui plaisent plus (quoique moins bons) dans leur nouveauté, que lorsqu'ils sont devenus meilleurs & plus communs.

## PHILANTE.

Si cela est comme vous le dites, je le lirai avec plus d'attention. Je vous avouë que jusqu'à present je n'ay point eu d'autre dessein en le lisant, que celui de satisfaire un peu ma curiosité ; que me laissant aller à l'opinion du Vulgaire, qui se mêle de juger souverainement des choses sans les avoir meurement examinées, je ne m'arrestois qu'aux endroits les plus satyriques & les plus récréatifs de ce Livre, & ne faisois que promener legerement la vuë sur des pages entieres, qui contenoient apparemment les plus beaux endroits.

## EUDOXE.

Si l'on vouloit s'arrester aux jugemens capricieux de certains mauvais connoisseurs, dont la pluspart manquant de lumieres, & les autres combatans le sentiment commun pour le seul plaisir qu'ils ont de contrarier, ou par un dépit mêlé d'orgueil & de jalousie, de ne pouvoir exciter la curiosité du Public par leurs propres Ouvrages, attendent que celui d'un autre ait réussi, dans le dessein formé de le critiquer avant que de l'avoir vû ; jamais les bons Ouvrages ne seroient estimez, & les mauvais auroient un sort heureux ; ou, pour mieux dire, ils auroient la vogue ; car quelque cours que puisse avoir un méchant

Livre, vous devez eftre perfuadé que ce n'eft
que par le moyen des cabales & des fuffrages
mandiez, & qu'il ne peut jamais avoir le bonheur d'eftre applaudi d'un efprit folide & def-
intereffé.

## PHILANTE.

Je vois, mon cher Eudoxe, que vous n'eftes pas
de ces mauvais connoiffeurs; les éclairciffemens
que vous me donnez me deffillent les yeux;
vos lumieres me font infenfiblement fortir des
tenebres, & revenir des erreurs où mon peu
d'experience & d'application m'avoient preci-
pité; enfin, vous me voyez déja preft à conve-
nir de la plufpart des chofes que vous venez d'a-
vancer. Nous en eftions fur le merite du nouveau Pafquin, je vous prie de m'éclaircir de mes
doutes fur ce Livre.

## EUDOXE.

Je ne fuis pas plus habile connoiffeur qu'un
autre; mais croyez que je vous parle fans inte-
reft, fans paffion, & ingenuëment comme je le
penfe : Je ne me regle pas neanmoins fur moy
feul; Je me regle fur les Perfonnes doctes & de
bon gouft que je connois; fi je ne puis aller de
pair avec elles, je les fuis pas à pas; & fi je n'ay
pas la gloire de les égaler, je m'efforce du moins
à partager avec elles celles de juger fainement
des Ouvrages d'Efprit : Plus je m'étudie à me
perfectionner dans cet Art, plus je trouve de fu-
jets d'eftre furpris de voir la fauffe confequence
que les envieux de la gloire de Mr le Noble

tirent à son occasion; voici leur raisonnement.
On perd avec l'âge les forces & la vivacité de
l'Esprit, aussibien que celles du corps, & prin-
cipalement lorsqu'on a essuyé des disgraces
pendant sa jeunesse: Monsieur le Noble est âgé,
sa vie n'est qu'une suite de traverses; donc il n'a
plus cette force de génie ; donc ce feu qui bril-
loit dans ses premiers Ouvrages, ne doit plus se
rencontrer dans ses derniers.

Que ces Gens-là aillent donc pousser leur
Argument contre la Nature , & luy prouver
qu'elle a tort d'avoir fait Monsieur le Noble
contraire à tous les autres Hommes; pour moy
j'aime mieux donner un démenti aux Regles
de la Philosophie , si elle est si opiniatre , &
qu'elle ne veüille souffrir aucune exception ,
que d'en donner un à la verité. Quand je voudrai
prouver que les derniers Ouvrages de Monsieur
le Noble sont plus beaux mesme que les premiers, je n'irai pas demander à la Logique ni à
la Physique, pour qui, (à cela prés,) j'ay beaucoup de veneration ; je n'irai pas, dis-je, leur
demander si cela doit estre ; mais je dirai à
mes Adversaires, lisez la Traduction des Pseaumes de David; c'est un Ouvrage divin, me dira
l'Envie; mais elle n'est pas de luy. Quoy, sa
Traduction n'est pas de luy? & quel autre que
luy auroit pû produire un Chef d'œuvre sem-
blable à celui-là ; puisque jamais personne n'a
pû luy disputer le prix sur aucune des differentes matieres qu'il a choisies pour les traiter,

& dont il eſt venu ſi heureuſement à bout: mais, que dis-je, venu à bout ? il faut avoüer que ce ſont des merveilles qui ſe ſont placées d'elles meſmes, & qui ſe placent tous les jours de plus en plus, ſans peine, & chacune dans leur rang, auſſitoſt que ſon eſprit les a imaginées; car nous diſons venir à bout d'une choſe, lorſqu'aprés de grands travaux, aprés nous eſtre beaucoup geſnez, nous la voyons enfin réuſſir; nous ſommes ravis de recueillir un petit fruit d'un grand travail; mais les ſublimes productions de Mr le Noble, ne luy coûtent preſque que le temps de les écrire; il compoſe auſſi facilement qu'il parle ; & à voir ces Chefs-d'œuvre inimitables tomber de ſa plume & s'arranger ſur le papier, l'on croiroit que ce ſeroient quelques excellentes Traductions de Ciceron, de Tacite, de Virgile, d'Horace, de Juvenal, d'Ovide, d'Eſope, qu'il auroit appriſes par cœur, & dont il veut tirer promtement une copie, depeur de les oublier; on croiroit, dis-je, cela, ſi quand ſes Ouvrages viennent à paroiſtre au jour, on ne trouvoit que ces choſes ne ſe voyent ni dans aucun de ces ſçavans de l'Antiquité, ni dans aucun Politique moderne, ni dans aucun Orateur, ni dans aucun Poëte, ſoit Mezeray, ſoit Balzac, ſoit Voiture, ſoit le Maiſtre, ſoit Patru, ſoit Boileau, ſoit Regnier, ſoit Malherbe, ſoit Marot, ſoit la Fontaine ; & qu'elles n'ont jamais paru ni dans aucun Royaume, ni dans aucune Republique, ni dans aucun Empire, ni dans aucun fiecle: Enfin, Monfieur le Noble eft un fleuve qui, comme Pindare, devient en un moment un abyfme par l'abondance des torrens qui boüillent dans fes veines, qui les brifent, & qui font déborder partout un déluge de fcience ;

*Fervet, immenfufque ruit profundo*
*NOBILIS ore.*

Revenons donc au Pafquin. Comment peut-on dire qu'il n'eft pas fi beau que celui de la Guerre précedente? les interefts des Princes n'y font-ils pas approfondis, du moins avec autant d'art, de connoiffance & de pénétration de la plus fecrette & fine politique, que dans le premier? eft-ce un amas confus de pieces délabrées? n'eft-ce pas un tiffu net, concis, fuccint, coupé, vif, ferré, pathetique, heureux, riche, fublime, agreable, folide, judicieux & fidele de toutes les Affaires de l'Europe. La Fable qui fe trouve à la fin de chaque Entretien, n'eft-elle pas un matereau, dont le nombre laiffera chez la pofterité la plus reculée, un Monument plus durable que le marbre & que l'airain, un Monument que ni les pluyes, ni les tempeftes, ni la viciffitude des Saifons ne pourront jamais détruire? Oui, M<sup>r</sup> le Noble pourra dire en encheriffant fur Horace : *Exegi LUDOVICO MAGNO & mihi Monumentum ære perennius:* Jay érigé à la gloire de LOUIS LE GRAND & à la mienne, une Pyramide inébranlable ; je l'ay conftruite d'une matiere plus folide que le

bronze & le Diamant ; *quod non imber edax,
non Aquilo impotens possit diruere :* Ni les nei-
ges, ni les frimats, ni les glaces, ni les Aquilons
qui se déchaînent avec tant de fureur, & qui
abolissent dans la suite des temps ce qu'il y a de
plus stable dans la Nature, ne pourront jamais la
renverser ; elle est couverte de Lauriers qui ne
flétriront jamais, & qui la mettront à couvert
des Orages & des Foudres. *Non omnis morlar :*
Quand je mourrai, il naîtra de mes Cendres
un Cygne, *canorus Ales* ; ce Cygne aura les aîles
de ma Renommée, pour le transporter dans
tous les coins de l'Univers, & luy faire publier d'âge en âge, par les doux accens d'une
voix harmonieuse, la gloire du plus grand des
Heros qui ait jamais esté ; *Me discet Iber.*
L'Espagnol tranquille & heureux sous les pai-
sibles Loix des Descendans de cet Alcide, par-
lera de moy sans cesse, il me gravera dans sa
memoire, il se plaira à lire mes Entretiens &
mes Fables, qui auront publié d'une maniere
fine & ingenieuse les Victoires du nouveau
Jason sur les Dragons injustes ravisseurs de la
Toison d'or, & sur toutes les épouventables
testes de l'Hydre abbatuë, étouffée, écrasée
dans les Marais de Valence & d'Almanza.

## PHILANTE.

En verité, mon cher Eudoxe, vous me
charmez ; je n'ay jamais ouï parler d'un si
grand Homme, que celui dont vous me faites
l'éloge, ni qui ait possedé tout à la fois tant de
beaux talens. Il faut demeurer d'accord que si

le fiecle de LOUIS LE GRAND ? auffi
fertile en differentes fortes de Sçavans, que le
fut autrefois celui de Jules Cefar & d'Augufte;
l'un a l'avantage fur l'autre d'avoir produit un
Homme qui raffemble en luy feul une partie
du mérite de prefque tous les beaux Efprits
qui ayent paru dans les deux.

### EUDOXE.

Croyez qu'il le raffemble tout entier.

### PHILANTE.

Mais quoy? il n'a point compofé de Comedies,
il n'a point fait de Poëme Epique, il n'a point
chauffé le Cothurne; ainfi il ne peut pas parti-
ciper à la gloire de Virgile, de Terence, de
Sophocle, d'Euripide, de Corneille, de Racine,
de Moliere.

### EUDOXE.

La Comedie d'Efope de fa compofition eft
tres belle & parfaite en fon genre; elle n'eft pas
fi ferieufe que les grandes Pieces de Moliere,
parcequ'elle n'a efté faite que pour eftre repre-
fentée par les Comediens de la Troupe Ita-
lienne, dont le fort ne confiftoit que dans le
burlefque; mais lorfqu'on ne fera plus dégoufté
du ftyle de Racine, de Corneille & de Moliere,
qu'on fe plaint eftre trop commun dans les
Pieces de Monfieur le Noble, on verra mon-
ter fur le Theatre des Porcies, des Zenobies,
& beaucoup d'autres Pieces, tant comiques
que tragiques, qui ne le cederont point aux
Tartufes, aux Mifantropes, aux Rodrigues,

aux Pompées, aux Andromaques, ni aux Iphigenies; & le petit Poëme de l'heresie détruite, fait assez connoistre qu'il pourroit conduire un Poëme Epique aussi loin que Virgile.

### PHILANTE.

Quoy! Mr le Noble a fait des Tragedies?

### EUDOXE.

Dorilas que vous connoissez bien, & qui reçoit de luy des éclaircissemens sur ses doutes, m'en a fait voir quelques Scenes; je vous assure que rien n'approche de leur beauté.

### PHILANTE.

Ne vous connoist-il pas aussibien que Dorilas?

### EUDOXE.

Non, il ne me connoist que pour m'estre trouvé quelquefois chez luy avec cet Ami, qui m'a fait offre de luy parler de moy.

### PHILANTE.

Je vous aurois, mon cher Eudoxe, une obligation infinie, aussibien qu'à Dorilas, si vous vouliez le prier de me procurer ce bonheur, en vous le procurant ; car je brule d'envie dé connoistre un si grand Homme. Mais à propos ; vous mesme, qui prenez son parti avec tant de zele, n'aviez-vous pas voulu parler de luy dans un certain Ouvrage qui. . . & ne vous a-t-il pas rendu vostre change ?

### EUDOXE.

J'avois parlé de son Ouvrage en termes assez vagues. . . . . Mais revenons à nostre sujet ; je croy que Dorilas ne refusera pas de vous ren-

dre ce service à ma priere ; c'est un tres galant
Homme, qui a appris à l'école de Monsieur le
Noble, à ne ressembler point à la pluspart des
Sçavans, qui croitoient n'estre pas tels, s'ils
n'estoient toujours fourez dans leurs hermines,
& ne se signaloient par leur mauvaise humeur;
c'est un Homme aisé, doux, facile, honneste,
sincere, & qui se fait un veritable plaisir d'obli-
ger ses amis; nous irons ensemble, si vous le
souhaitez, le trouver chez luy, pour cela.
Au reste, quand vous voudrez juger du merite des Sçavans, ne vous arrestez jamais aux
Jugemens d'un tas de mauvais Critiques accré-
ditez contre le bon sens, qui s'imaginent estre
de grands génies, lorsqu'ils ont prononcé deux
ou trois plaisanteries fades & ridicules, & se
prennent à rire de leur propre extravagance,
tandis que ceux de qui ils croyent estre applau-
dis, en haussent les épaules. Enfin, souvenez-
vous que le sort de tous les grands Personnages,
est d'estre en proye à la jalousie & à l'impuis-
sante fureur des maigres esprits, dont cependant la malice est quelquefois capable de nuire
à un honneste homme jusqu'à sa mort, comme
nous le dit tres bien le Prince des Poëtes
Lyriques,

*Virtutem incolumem odimus,*
*Sublatam ex oculis, quærimus invidi.*

Nous portons envie à un Homme de mérite,
& nous le poursuivons jusqu'au tombeau; mais
aussitost que la mort l'a fait disparoistre à nos

yeux, noſtre envie ceſſe, nous luy rendons juſtice, & nous le regrettons.

Je vais, pour finir, vous lire une petite Fable, que Dotilas compoſa il y a quelques jours à la louange de noſtre HEROS DES BEAUX ESPRITS.

# FABLE

## DU CYGNE ET DES CORBEAUX.

*SUR les Eaux de la Seine, au milieu de Paris,*
*Un grand Cygne bien fait, & de belle encolure*
*Se promenoit par avanture.*
*De voir ce bel Objet, les Paſſans ſont ſurpris ;*
*Qu'eſt-ce donc? Courons-y, courons vîte au rivage:*
*Voyez-vous ce charmant Oiſeau?*
*Que ce Cygne eſt blanc! qu'il eſt beau!*
*N'admirez-vous pas ſon plumage?*

*Friſant legerement la ſurface de l'Onde,*
*L'Oiſeau jette de toutes parts*
*De graves & perçans regards ;*
*Il voit qu'autour de luy le Peuple en foule abonde*
*Le long des deux humides bords ;*
*Déja ſa voix harmonieuſe*
*D'une Chanſon melodieuſe*

Prepare les divins accords.
C'est ici, dit-il en luy-mesme,
Que pour élever jusqu'aux Cieux
D'un Roy toujours victorieux
Les hauts Faits, la Valeur suprême,
Un feu qui souleve les flots
Par la force de l'artifice,
Fait jusqu'au haut d'un Edifice
Elever ces bruyantes Eaux :
Mais cette Pompe est passagere ;
La gloire de LOUIS demande un Monument
Que la Posterité revere,
Et ce vain appareil ne dure qu'un moment.
Accourez Hollandois, venez fiere Angleterre ;
Jusqu'aux Champs d'Almanza poussez vos Ba-
taillons,
Sur les bords du Xucar plantez vos Pavillons ;
Vous serez les témoins de ce qu'on y va faire :
Vous, les Portugais vos amis,
Pour y bien celebrer la Feste
Qui pour PHILIPPE CINQ s'appreste,
A la dance serez admis......

Sur un ton élevé, mieux que je ne l'explique
Par ces cinq ou six foibles Vers,
Le Cygne entonnoit ses Concerts,
Lorsque plusieurs Corbeaux, Nation famelique,
Osent promettre un chant pareil ;
On crie, on tempeste, on croasse,
On vole sur une Terrasse,.
On s'assied, on y tient Conseil :

'Au Cygne audacieux nous declarons la Guerre,
Allons, courons sur luy lancer nostre Tonnerre:
Déja tous les Confederez
De l'espoir de vaincre enivrez,
Paroissent rangez en Bataille,
Le signal est donné: tout croasse & criaille;
Mais leurs terribles cris, leur aspect odieux;
Assassinent l'oreille, & fait horreur aux yeux:
Soudain volent mille cailloux
Contre la troupe croasseuse,
Qui sentant la gresle nombreuse,
Fuit, & croasse de couroux.
'Ainsi fut conservé le Cygne de la France,
Et les Croasseurs confondus.
Si quelques restes morfondus
Reviennent croasser encore en sa presence,
On le verra Victorieux
Mepriser leur rodomontade,
Et redonner la Laconade
A tous ces Esprits envieux.

## PHILANTE.

'  Je m'y sens un peu drapé, mais bien loin de
m'en irriter, cela ne servira qu'à me faire revenir entierement de mon erreur.

F I N.

www.ingramcontent.com/pod-product-compliance
Ingram Content Group UK Ltd.
Pitfield, Milton Keynes, MK11 3LW, UK
UKHW021205140726
13695UKWH00005B/2351